LETTRES

DE ZEÏLA A VALCOUR,

E T

DE JULIE A OVIDE.

LETTRE

DE ZEÏLA,

JEUNE SAUVAGE,

ESCLAVE A CONSTANTINOPLE,

A VALCOUR,

OFFICIER FRANÇOIS;

PRÉCÉDÉE D'UNE LETTRE A MADAME DE C**.

TROISIEME EDITION.

A GENEVE,

ET SE TROUVE A PARIS,

CHEZ BAUCHE, QUAI DES AUGUSTINS.

M. DCC. LXVI.

LETTRE

*A MADAME DE C**.*

SI j'écrivois à un de ces êtres superficiels qui, dans un monde frivole, se disputent de charmes & de ridicules, dont l'amour propre s'enyvre au moindre éloge, & dont rien ne réveille la sensibilité ; je lui prodiguerois la flatterie & le mensonge, je le couronnerois de fleurs aussi-tôt fanées que cueillies ; enfin je le déifierois, me moquant en secret du dieu & de l'apothéose : mais c'est à vous que j'écris. Vous êtes jeune, & vous sçavez penser ; vous êtes belle, & vous l'oubliez. D'après cela, vous devez préférer le ton simple de la confiance, à l'honneur d'être ennuyée avec faste, & au plaisir d'être louée sans esprit.　　　A iij

Avouez-le, Madame, lorfqu'on a parcouru ce cercle de futilités que chaque jour reproduit, lorfqu'on a porté quelque temps le mafque de la bienféance & les chaînes de l'étiquette, lorfque l'efprit eft fatigué de toutes les formes bifarres qu'on lui a fait prendre ; c'eft avec bien de la volupté qu'on retombe au fein de la nature, & qu'on s'abandonne à ce repos agiffant, que les lettres feules peuvent donner. Combien de fois je vous ai vue, excédée de plaire, & tyrannifée par vos propres charmes, vous refugier dans une fociété peu nombreufe, pour y chercher ces plaifirs purs & tranquilles, que le trouble ne précede point, & que le remord ne fuit jamais ! Combien de fois j'ai pris pour juge des ouvrages les plus férieux, celle qui peut-être avoit prononcé la veille fur une mode nouvelle, ou fur le vaudeville du jour !

C'eft fous vos yeux que la lettre de Barnevelt a été faite ; c'eft d'après vos confeils
que j'ai tâché de la perfectionner. Les beautés
de ce fujet ne vous font point échappées :
vous avez frémi, en voyant les limites
imperceptibles qui féparent la vertu & le
crime. Barnevelt affaffin a excité votre indi-
gnation ; il vous a arraché des larmes par
l'yvreffe de fa douleur, fi j'ofe le hafarder,
& par la vérité de fon repentir. Cependant
ces tableaux fombres & terribles femblent
peu faits pour les graces légeres de votre
âge. Vous, pour qui l'Amour feroit fans
doute le Dieu du bonheur, avez-vous pu
vous le figurer fous les traits dont je l'ai
peint d'après mon modele ? Avez-vous pu
croire qu'il ait exifté un monftre tel que
Fani, vous, que les retours fur vous-même
ont dû familiarifer avec l'image de la vertu ?

Ces réflexions m'ont dirigé dans le nouveau sujet que j'ai choisi. L'intérêt en est plus tendre, les teintes en font moins sombres. Vous vous rappellez peut-être l'histoire de Iarico, citée dans le Spectateur Anglois. C'est elle qui m'a fourni l'idée de la lettre que je vous envoie. Voici l'article du Spectateur.

» M. *Thomas Inkle*, troisieme fils d'un de » nos riches citoyens de Londres, âgé de » vingt ans, s'embarqua aux Dunes, le 16 » de juin 1647, fur le vaisseau nommé » l'*Achille*, destiné pour les Indes occidentales. » Il entreprit ce voyage dans la vue de » s'enrichir par le commerce, & il avoit » les talens nécessaires pour y réussir; il » étoit fort rompu dans la science des » nombres, & il pouvoit calculer d'un » coup de plume, s'il y avoit du profit ou

» de

» de la perte dans quelque négoce. En un
» mot, fon pere n'avoit rien oublié pour lui
» infpirer de bonne heure l'amour du gain,
» & l'attacher à fes intérêts d'une maniére
» capable de prévenir l'ardeur naturelle de
» fes autres paffions. Avec ce tour d'efprit,
» il n'étoit pas mal fait de fa perfonne ; il
» avoit le vifage vermeil, l'air robufte &
» vigoureux, & fa chevelure blonde & frifée
» lui pendoit négligemment fur fes épaules.
» Il arriva dans le cours de fon voyage, que
» l'*Achille* manqua de vivres, & qu'il entra
» dans un petit port brute fur la côte d'A-
» mérique, pour y faire de nouvelles provi-
» fions. Notre jeune homme y defcendit à
» terre avec plufieurs autres Anglois; & fans
» prendre garde à un parti d'Indiens qui s'é-
» toient cachés dans les bois pour les ob-
» ferver, ils s'éloignerent un peu trop du

B

» bord de la mer, de forte que les naturels

» du pays fondirent fur eux, & les maffa-

» crerent prefque tous. M. *Inkle* eut le bon-

» heur de s'échapper, avec quelques autres,

» dans une forêt, où, accablé de fatigue &

» hors d'haleine, il fe jetta fur une petite

» éminence à l'écart. Il n'y fut pas plutôt,

» qu'une jeune Indienne fortit d'un endroit

» couvert de buiffons qui étoit derriere lui,

» & le vint trouver. Surpris d'abord l'un &

» l'autre de cette entrevue, ils ne tarderent

» pas à fe regarder d'un œil favorable. Si

» l'Européen fut charmé de la tournure, des

» traits & des graces un peu fauvages de

» l'Américaine toute nue, celle-ci n'admira

» pas moins l'air, le teint & la taille d'un

» Européen habillé de pied en cap. Elle de-

» vint même fi amoureufe de lui, qu'inquiette

» pour fa vie, elle le conduifit dans une cave,

» & qu'après l'y avoir régalé de fruits déli-
» cieux, elle eut soin de le mener boire à
» une source d'eau vive.

  » Ils avoient déja vécu plusieurs mois au
» milieu des plus tendres amours, lorsque
» *Iarico* apperçut un navire sur la côte, &
» qu'instruite par son amant, elle fit divers
» signaux à ceux qui le montoient. Dès que
» la nuit arriva, ils se rendirent l'un & l'autre
» sur le rivage, où ils eurent la joie & la
» satisfaction de trouver quelques-uns des
» gens de ce vaisseau, qui étoient Anglois,
» & qui alloient aux Barbades. Pleins d'es-
» pérance de se voir bientôt délivrés de leurs
» inquiétudes, de jouir d'un bonheur moins
» interrompu, ils se mirent dessus. Mais à
» l'approche de cette isle, notre jeune homme,
» rêveur & pensif, vint à considérer le tems
» qu'il avoit perdu, & à calculer tous les

» jours que fon capital ne lui avoit produit
» aucun intérêt. Afin donc de fe mettre en
» état de réparer fes pertes, & de pouvoir
» rendre compte de fon voyage à fes parens
» & à fes amis, il réfolut de fe défaire d'*Iarico*
» à fon arrivée au port, où un vaiffeau n'a
» pas plutôt mouillé, qu'il fe tient un mar-
» ché public fur le bord de la mer pour la
» vente des efclaves Indiens ou autres qu'il
» y amene, à peu près comme on vend ici
» les chevaux & les bœufs. Cette pauvre
» malheureufe eut beau fondre en larmes &
» lui repréfenter qu'elle étoit enceinte de
» fes œuvres ; infenfible à toute autre voix
» qu'à celle de l'intérêt, il ne penfa qu'à
» profiter de fon aveu pour en tirer une plus
» groffe fomme d'un marchand de la colonie,
» auquel il la vendit ».

Tel eft à peu près, Madame, le fond de

mon ouvrage : vous entrevoyez fans doute combien il eft fufceptible de ces développemens heureux, qui portent dans l'ame plus d'attendriffement que de terreur; de ces peintures naïves, dont le charme eft toujours nouveau ; enfin de cette douce mélancolie, qui eft, en quelque forte, la volupté de la douleur. Zéïla, au fortir de fes bois, doit mêler des images riantes à fa trifteffe même ; tout doit fe peindre à fon imagination avec la fraîcheur & le coloris de la nature. C'eft cette nuance que j'ai cherchée ; c'eft elle qui doit dominer dans le tableau : heureux fi j'ai pu la faifir, & fi j'attache quelques rofes aux ciprès de Barnevelt !

A coup fûr vous vous êtes récriée fur l'horrible baffeffe de ce *Inkle*, qui profite de la groffeffe de fon amante pour en doubler le prix. Raffurez-vous, Madame ; Valcour, dans

ma lettre, n'eſt point coupable de ce crime.
Zéila eût ceſſé d'être intéreſſante, ſi j'euſſe
avili Valcour à ce point. C'eſt un jeune
homme entraîné au changement par l'in-
fluence victorieuſe du climat où il eſt né.
C'eſt un François qui s'ennuie, & qui re-
nonce à l'amour, pour chercher le plaiſir.
J'ai tranſporté Zéila à Conſtantinople, afin
de motiver ſa lettre, que rien n'auroit pu
juſtifier dans les déſerts. Je ſuppoſe qu'elle
eſt prête d'entrer dans le ſerrail, pour
ajouter un nouveau trait à ſa ſituation, &
ſur-tout pour que ſa beauté ne ſoit point
équivoque ; car il faut qu'une femme qui ſe
plaint ſoit au moins jolie, ou elle a tort de
ſe plaindre.

On m'objectera peut-être que Zéila n'eſt
qu'une femme abandonnée, comme tant
d'autres. Sans doute : mais elle eſt eſclave ;

mais elle eſt mere ; mais c'eſt une ſauvage, un être qui a reſpiré l'air de la liberté, & qui en conſerve l'énergie, qu'on veut forcer au deshonneur, & enſevelir dans les bras d'un deſpote. C'en eſt aſſez, je crois, pour rajeunir mon ſujet.

Maintenant, Madame, permettez-moi quelques réflexions ſur ce genre de poéſie que vous aimez, & qu'on a depuis peu reſſuſcité parmi nous. Ovide en eſt l'inventeur, mais ne peut ſervir de modele. Les éclairs d'une imagination brillante ne ſuppléent point à cette flamme du cœur qui doit animer tous les ouvrages de ſentiment. Ovide ne verſe jamais de larmes, & n'en fait jamais répandre ; chez lui la douleur eſt parée de toutes les graces du bel eſprit ; & la nature, ſi belle quand elle eſt ſimple, y diſparoît ſous le faſte des ornemens. Il faut le lire, & non l'imiter.

Parmi nos héroïdes modernes, celle qui fans contredit mérite la préférence, c'est l'Héloïfe de M. Colardeau; ouvrage charmant, que l'ame a fenti, que l'ame a colorié, où la richeffe du fond fe fait oublier par la volupté des détails, où la magie du ftyle n'ôte rien à la vérité de la paffion, & qui fera lu tant que l'amour fera des malheureux.

Les autres poëmes qu'on nous a donnés dans ce genre, pechent, prefque tous, par la mal-adreffe & la longueur des récits; ce qui eft, je crois, le vice particulier de l'épître héroïque. On a très-bien dit qu'elle devoit être pour l'ame ce que l'ode eft pour l'efprit, un trait de feu, un élan de fenfibilité non interrompu. D'après cette définition, on doit juger combien le récit y eft déplacé, à moins qu'il ne faffe lui-même la

plus

plus grande partie de l'intérêt; à moins qu'il n'apprenne au personnage à qui on écrit des événements qu'il ne sçait pas; enfin, à moins qu'il n'offre des tableaux forts ou pathétiques, qui puissent remuer, attendrir ou étonner le lecteur.

J'oserai encore remarquer que, dans ce genre sur-tout, on est trop léger & trop précipité sur le choix des sujets : ils sont presqu'aussi rares que pour la tragédie même. Dans l'une les ressources de l'art, l'illusion du théâtre, l'adresse de la conduite, la gradation de l'intérêt, suppléent souvent à sa vivacité. L'autre ne présente point d'accessoires sur lesquels on se puisse rejetter ; le cœur n'y est point distrait par le plaisir des yeux ; & elle ne peut attacher que par la fécondité & la force du fond.

Il est des sujets dont nous privent tous les

jours la délicatesse de nos mœurs, la timidité de notre goût, & la bienséance de notre théâtre; voilà sur-tout ceux qui appartiennent à l'héroïde; je voudrois qu'elle s'en emparât. Par-là notre littérature ne souffriroit point de nos préjugés, & la muse de l'héroïde deviendroit chere à la nation.

Au reste, Madame, c'est à vous de prononcer. Je vous soumets ces réflexions. Le tact délicat d'une ame sensible vaut tous les raisonnemens d'un dissertateur. C'est en vous jouant que vous éclairez les arts; & souvent un écrivain se donne bien de la peine, pour n'avoir pas le sens commun. Jouissez de tous vos avantages. Badinez avec les graces, recueillez-vous avec les muses: ne quittez point un monde léger qui vous plaît, & qui vous aime. C'est un tableau mouvant qui mérite d'être observé. A quoi s'occuperoit la raison, fans le fpectacle de la folie ? Vous ne devez point craindre que votre imagination vous égare ; votre ame vous ramenera toujours : chargez l'une de vos plaifirs , & l'autre de votre bonheur. Je ne vous demande que ces inftans de repos , ces intervalles que laiffe le tourbillon , & qui ceffent d'être des vuides , quand ils font remplis par l'amitié & ce goût des arts , la vie d'un être qui penfe.

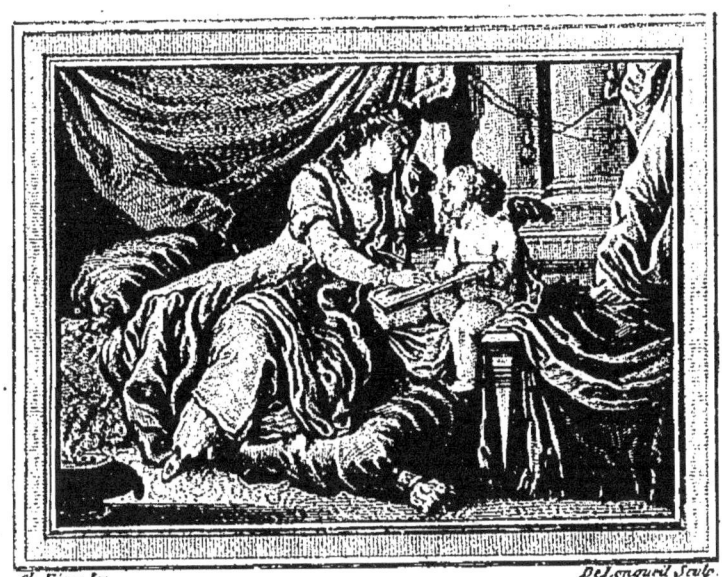

LETTRE

DE ZÉILA.

Des tranquilles déserts une simple habitante,

Vers le déclin du jour, au fond des bois errante,

Rencontre fur fes pas un jeune infortuné,

Par une fleche atteint, mourant, abandonné.

Elle approche, lui tend une main falutaire ;

Quoiqu'il foit étranger, le traite comme un frere ;

Le traine avec effort dans un antre voifin,

Et le tient, en pleurant, renverfé fur fon fein ;

Enfin lui rend la vie, & guérit fa bleſſure.
Il confulte, il entend la voix de la nature.
Attirés l'un vers l'autre, & prompts à s'enflâmer,
Ils deviennent amants, par le befoin d'aimer.
Après deux ans paſſés dans la plus tendre yvreſſe,
(Que n'eût point fait pour lui fa crédule maîtreſſe !)
Elle quitte fes bois, elle franchit les mers,
Et le fuit, fans regret, dans un autre univers.
C'eſt là, qu'ouvrant fon ame au plus noir artifice,
Il conçoit le deſſein de fuir fa bienfaitrice.
Tandis qu'elle goûtoit les douceurs du repos,
Et fourioit peut-être à l'auteur de fes maux,
O crime ! ô trahifon ! cet ingrat qu'elle adore
S'arrache de fes bras qui le ferroient encore,
Craint de troubler, hélas ! fon funeſte fommeil,
S'embarque, & l'abandonne aux horreurs du réveil !

T u trembles, tu frémis, tu connois le perfide.
Un moment fouviens-toi des champs de la Floride,
De ces champs, où j'aimai pour la premiere fois,

Où je crus fous tes traits voir un dieu dans nos bois.

Oui, c'eft moi qui t'écris! c'eft l'objet de ta rage,

Ton amante, & ta fœur que tu nommois fauvage,

Dont les foins t'ont fauvé de cent périls divers,

Et qui fçut pour toi feul embellir fes déferts.

Pour m'oublier, Valcour, tu m'as trop outragée :

Puiffai-je cependant n'être jamais vengée !

Je t'idolâtre encor : mon ame à tout moment

S'envole vers les lieux qu'habite mon amant.

A toi je me livrai, c'eft pour toute ma vie.

En proie à fes douleurs, malheureufe & trahie,

Ta Zéila jamais ne veut fe dégager :

Je préfere mes maux au crime de changer.

DANS mes jours de bonheur, qui me l'eût ofé dire,

Qu'à Valcour infidele il me faudroit écrire ?

Oui, ces traits que tu vois, qui te font adreffés,

La main de Zéila, fa main les a tracés.

Depuis l'horrible inftant qu'elle pleure ta fuite,

Pour te parler de toi, Zéila s'eft inftruite.

Oui, j'appris ton langage, hélas! trop féducteur,

Et qu'avant de l'entendre, avoit choifi mon cœur.

Enfin j'étudiai cet art, cet art fuprême,

Pour confoler l'Amour, inventé par lui-même;

Qui peignit tant de fois les plaifirs des amants,

Et ne peut me fervir qu'à peindre mes tourments.

VALCOUR, ils font affreux! Sur un trifte rivage,

Loin de toi je languis, je meurs dans l'efclavage.

Seule dans l'univers, je n'ai devant les yeux,

Au lieu de mon amant, qu'un maître impérieux.

On me défend les pleurs, & même le murmure;

J'ai perdu tous les droits que donne la nature;

Et j'éprouve, foumife à de barbares loix,

La crainte & le mépris, inconnus dans les bois.

En vain mon fils, ce fils (je t'offenfe peut-être),

Fruit des plus tendres feux que l'amour ait fait naître,

Qu'au ciel tu demandois, que ton fang a formé,

Et, quand tu me quittas, dans mes flancs renfermé:

En vain ce fils fi cher, puifqu'il eft ton image,

Sourit

Sourit à ma douleur, peu faite pour son âge,

Et me presse toujours de ses bras caressans ;

Je mêle des soupirs à ses jeux innocens.

Mes yeux, en le fixant, se remplissent de larmes :

Sans secours, sans appui, sans titres que ses charmes,

Il n'apprendra de moi, dans son triste destin,

Qu'à prononcer ton nom, & pleurer dans mon sein.

Hélas ! trop insensible au bonheur d'être pere,

Tu m'as même ravi les plaisirs d'une mere :

Valcour, homme cruel, lorsque tu me trahis,

Tu frappas, d'un seul coup, ton amante & ton fils.

CEPENDANT, tu le sçais, j'ai tout fait pour te plaire ;

Et, si j'ai dû t'aimer, j'ai bien dû t'être chere,

Dieux ! avec quels transports je volois dans ses bras !

Combien de sentiments… que je n'exprimois pas !

Pour te peindre une ardeur, qui cherchoit un passage,

Un silence enflammé me servoit de langage.

Ah ! je fus loin, crois-moi, de rougir de mes feux :

J'eus l'orgueil de l'amour, quand l'amour est heureux.

D

Exiſtant par toi ſeul, à toi ſeul aſſervie,

Je croyois dans ton ſein renouveller ma vie,

Et dans ces doux momens, extaſes du bonheur,

Zéila tout entiere alloit chercher ton cœur.

RAPPELLE-TOI les ſoins de ta jeune Sauvage,

Mon amour ingénu, mon zele, mon courage,

Et cette ſimple grotte, agréable réduit,

Que n'oſoient approcher le chagrin ni le bruit.

D'arbriſſeaux odorans je l'avois entourée;

Un éternel ombrage en déroboit l'entrée.

Là tu ne redoutois, heureux par mes ſecours,

Ni la fraicheur des nuits, ni la chaleur des jours.

Couché ſur le duvet des plumes les plus belles,

Reſpirant le parfum des fleurs les plus nouvelles,

Tu n'étois occupé, Valcour, tu le ſçais bien,

Qu'à ſentir ton bonheur, dont je faiſois le mien!

C'eſt moi qui, choiſiſſant ma fleche la plus ſûre,

Courois dans les forêts chercher ta nourriture;

C'eſt moi qui, le matin, dans les plus clairs ruiſſeaux,

Pour te défaltérer, allois puifer les eaux,

Quand le midi brûlant dévoroit les campagnes,

Quand les oifeaux fuyoient le fommet des montagnes,

Renfermée avec toi, cachée à tous les yeux,

Affife à tes côtés, j'inventois mille jeux :

J'entrelaçois des joncs pour foutenir nos treilles ;

Pour recevoir nos fruits, je treffois des corbeilles.

Avec tes longs cheveux j'aimois à badiner ;

D'un feuillage nouveau j'aimois à les orner.

Souvent ta Zéila, ne pouvant davantage,

A tes fons enchanteurs mêloit fa voix fauvage,

Je te voyois fourire, & voler dans mes bras :

Les heures s'écouloient, tu ne les comptois pas.

MAIS dès que le zéphir, murmurant dans la plaine,

Verfoit fur les gazons le frais de fon haleine,

C'eft alors qu'avec toi, dans les bois d'alentour,

J'allois par un beau foir terminer un beau jour.

Un afyle écarté, retraite du myftere,

Prêtoit à nos plaifirs fon ombre folitaire :

Près de nous mille oiſeaux jaloux de nos tranſports,
Sur les rameaux émus ſoupiroient leurs accords;
Entremêlant leurs becs, & leurs plumes nouvelles,
Au deſſus de ta tête ils agitoient leurs ailes.
Que de tendres baiſers, dans ce riant ſéjour,
Multipliés, donnés, & rendus par l'amour!

Dieu de nos bois, ô Dieu! que le ſeul crime outrage,
Je ne t'offenſois point par ce brûlant hommage:
J'oſe le croire au moins. Deux êtres innocens,
Dans l'yvreſſe plongés, de plaiſir frémiſſans,
Reſpirant tour-à-tour, & confondant leur ame,
Chaque jour plus heureux, ſans épuiſer leur flâme,
Ces pleurs délicieux qui coulent dans leur ſein,
Au milieu de ces pleurs, leur front toujours ſerein,
Et le recueillement de leur volupté pure,
Sont les plus doux objets que t'offre la nature.
Tu ne peux condamner ce fortuné lien:
Le bonheur des mortels augmente encor le tien.

COMBIEN j'étois heureufe! Ah Valcour! ah perfide!

Combien de fois la nuit, dans fa courfe rapide,

Vint-elle nous furprendre en ces charmans réduits!

Je ne diftinguois plus ni les jours ni les nuits.

Alors fur mes genoux je repofois ta tête:

Au bruit le plus léger, tremblante, toujours prête,

Et raffurant ton cœur, trop occupé de moi,

Je feignois de dormir & je veillois pour toi.

Tu me trouvois plus tendre au lever de l'aurore:

Le foleil la fuivoit, j'étois plus tendre encore.

En vain il coloroit & les cieux & les mers,

Valcour étoit pour moi l'aftre de l'univers.

Quelques mots t'échappoient; je croyois les comprendre.

Ce que dicte l'amour, l'amour le fait entendre.

Tu me difois fans doute : « ô mon unique appui,

» Je t'adorois hier, je t'adore aujourd'hui.

» Ma chere Zéila, je te ferai fidele ;

» Aux yeux de ton amant tu feras toujours belle.

» Je fuis content des biens qui me font réfervés:

» Va, je te dois les jours que ta main a fauvés :

» Tu peux en difpofer, puifqu'ils font ton ouvrage ;

» Oui, j'en prends à témoin ces berceaux, cet ombrage,

» Ces gazons parfumés, trône de nos defirs,

» Dont l'empreinte encor fraîche attefte nos plaifirs ;

» Ces antres tapiffés d'une vigne abondante ;

» L'onde de ces ruiffeaux, fous ces palmiers errante ;

» Cent baifers amoureux, que je vais te donner,

» Et ces naiffantes fleurs, qui vont te couronner ».

Si j'en croyois mon cœur, ce fut là ton langage.

Quel changement, ô ciel !... Mais dis, par quelle rage

As-tu voulu troubler le cours de mes deftins,

Et, pour des biens peu fûrs, en quitter de certains ?

De tréfors, près de moi, tu n'étois point avide.

L'or, à côté des fleurs, germe dans la Floride ;

Ta main cueillit les fleurs, l'or ne t'a point tenté.

Eh ! qu'en faire en des lieux où rien n'eft acheté ?

Comblé de mes bienfaits, tu laiffois à la terre

Ce métal fi brillant, & fi peu néceffaire.

Valcour, depuis ce temps, a-t-il changé de vœux ?
Ce qu'il fouloit aux pieds, peut-il le rendre heureux ?

Un bonheur ignoré te fatiguoit peut-être :
Valcour, trop jeune encor, n'avoit pu se connoître.
Le defir de la gloire, hélas ! toujours trompeur,
Avec l'ennui fans doute eft entré dans ton cœur ?
Dans les bois cependant ce defir téméraire,
Cet infinct de ton âge a pu fe fatisfaire.
Combien de fois j'ai vu de la cime des monts
Leurs habitans defcendre au fond de nos vallons !
Ces mortels indomptés, ces ames inflexibles,
Aux charmes de ta voix tu les trouvois fenfibles.
Quand tu la mariois au fon des infrumens,
Quels étoient leurs tranfports & leurs raviffemens !
Danfant autour de nous, ils quittoient leur rudeffe ;
Ils marquoient par des cris leur farouche allégreffe ;
Et leurs bras fufpendus, enchaînés fous tes loix,
Laiffoient la fleche oifive au fond de leurs carquois.
Chaque jour dans leurs cœurs augmentoit ta puiffance,

Et ces droits ſi touchans , fondés ſur l'innocence.

Des ſauvages charmés ſe joignoient à tes jeux :

Ah ! qui les déſarmoit , devoit régner ſur eux.

Ils t'auroient , par mes mains , donné le diadème ;

Zéila , ſur ton front , l'auroit ceint elle-même ;

Et tes nouveaux ſujets euſſent chéri dans moi

L'épouſe de Valcour , l'amante de leur Roi.

DANS quelle illuſion va s'égarer mon ame ?

L'ambition ni l'or ne m'ont ravi ta flâme.

Des rigueurs de mon ſort , des maux que tu m'as faits ,

Je ne dois accuſer que mes foibles attraits.

Peut-être qu'en effet tu n'es point ſi coupable ;

Peut-être à tes regards je ceſſois d'être aimable.

ON dit que , parmi vous , on permet le détour ,

Et qu'en le repouſſant on enchaine l'amour ;

On dit que la tendreſſe eſt ſoumiſe au caprice ,

Que même la beauté n'eſt qu'un vain artifice ,

Un maſque ſéduiſant , qui trompe votre eſpoir ,

Et

Et qu'on prend le matin, pour le quitter le soir.

Moi, je n'eus dans mes bois, loin de cette imposture,

Que le plaisir pour fard, que des fleurs pour parure.

Je laissois, tu le sçais, sans projet, sans dessein,

Mes cheveux se jouer, & tomber sur mon sein.

Jamais rien n'altéra mes naïves tendresses ;

L'art ne glaça jamais le feu de mes caresses ;

Ma bouche sur la tienne, & mon cœur sur le tien,

Je te prodiguois tout, & je ne feignois rien.

Faut-il me reprocher ces transports légitimes ?

L'amour éteint l'amour ! Quoi ! lui seul fait mes crimes !

Mais, hélas ! s'il est vrai que tu ne m'aimes plus,

Si mes regrets sont vains, & mes vœux superflus ;

Du moins l'humanité doit te parler encore.

Ne hais point, ô Valcour ! l'amante qui t'adore.

Je t'ai sauvé le jour : accorde-m'en le prix ;

Sauve-moi par pitié des horreurs du mépris,

Du destin qui m'attend, d'un maître qui me brave.

Tu m'as abandonnée.... Ah ! c'est trop d'être esclave ;

E

C'eſt trop d'être avilie.... Au cri de mes douleurs

Ne ferme plus ton ame, & reſpecte mes pleurs.

JE ſuis toujours aux bords où Valcour m'a laiſſée ;

Je n'y vois point d'objets, dont je ne ſois bleſſée.

Là, ſous un joug de fer, l'homme rampe abattu,

Et le morne eſclavage en bannit la vertu.

Là tous les droits ſont nuls ; &, pour comble de crime,

Sous l'oppreſſeur commun chaque ſujet opprime.

On y parle d'un lieu, dont le nom fait rougir,

Séjour de la contrainte, & tombeau du plaiſir ;

Où l'orgueil à ſes pieds fait traîner l'innocence,

Où le tyran des cœurs eſt un dieu qu'on encenſe :

Que te dirai-je enfin ? où l'inhumanité

Prodigue au déshonneur le nom de volupté.

C'eſt là, c'eſt dans ce lieu que, pour toute ſa vie,

Ta Zéila bientôt doit être enſevelie.

Pourras-tu le ſouffrir ? Qui ? Zéila ! grands Dieux !

Ton amante entreroit dans ce lit odieux !

Un autre que Valcour, dans ſon tranſport farouche,

Sur mon fein palpitant imprimeroit fa bouche,
Fixeroit triftement fes regards fur les miens,
Et dans mes bras tremblans enlaceroit les fiens !
Non, non, ta Zéila, les yeux noyés de larmes,
Repoufferoit la main errante fur fes charmes ;
D'un mortel déteflé glaceroit les defirs,
Ou mourroit de douleur, en voyant fes plaifirs.

JE frémis, je ne puis fupporter cette image.
Épargne-moi, Valcour, un fi cruel outrage.
Ah ! s'il m'étoit permis, je te ferois bien voir
Tout ce que peut l'amour, quoiqu'il foit fans efpoir.
Sur la terre il n'eft rien que Zéila redoute :
Va, je fçaurois vers toi me frayer une route.
Au bord qui te retient, j'irois, n'en doute pas,
J'irois, je volerois, ton fils entre mes bras.
Je franchirois les monts, les lieux les plus fauvages ;
Je ferois de ton nom retentir les rivages,
Les antres des forêts, les échos des déferts,
Et je demanderois Valcour à l'univers.

J'aurois, pour me guider dans la nuit effrayante,

Et les yeux d'une mere, & les yeux d'une amante.

Enfin ta Zéila parviendroit jufqu'à toi ;

J'oferois attefter mes bienfaits & ta foi ;

Tu verrois à tes pieds & ton fils & fa mere,

Si malheureufe, hélas ! & qui te fut fi chere !

Serois-tu fans pitié ? Pourrois-tu repouffer

Leurs foibles bras unis pour mieux te careffer ?

Non, un fi doux fpectacle auroit pour toi des charmes :

Sur ces infortunés tu répandrois des larmes ;

Et je verrois Valcour, fier de m'appartenir,

Implorer fon pardon. ... bien fûr de l'obtenir.

MAIS l'horreur de mon fort m'enchaîne fur ces rives ;

Mes pas font obfervés, & mes larmes captives.

Toi feul, dans l'univers, peux brifer mes liens ;

Ouvre les yeux fur moi, mes malheurs font les tiens.

Goûtes-tu le repos, loin d'une infortunée,

Par toi, par toi, Valcour, à gémir condamnée ?

N'entends-tu pas mes cris, mes fanglots, mes foupirs ?

Dans le sein des remords est-il donc des plaisirs ?

Ne te dis-tu jamais ? « En cet instant peut-être

» Elle pleure , & se plaint au ciel qui l'a fait naître.

» Sur la rive déserte elle appelle Valcour ,

» En serrant dans ses bras le fruit de notre amour ;

» Sa profonde douleur toujours se renouvelle ;

» Il n'est plus de soutien , plus de beaux jours pour elle.

» Sous le poids de ses maux , peut-être en ce moment

» Elle succombe , meurt , & meurt en me nommant ! »

Pourrois - tu de ma mort devenir le complice ?

Ne differe plus ; viens , sauve ta bienfaitrice ;

Accours ; & si tu crains de me rendre mes droits ,

Rends-moi du moins, rends-moi mes déserts & mes bois ;

Ces rochers , ces vallons , ces immenses campagnes ,

Où j'errois avec toi , sous l'abri des montagnes ;

Ces fertiles côteaux , & cet air épuré

Que Valcour amoureux a long - temps respiré.

JE veux revoir encor ces fortunés asyles ,

Où nos jours s'écouloient si doux & si tranquilles ;

Ce bois fatal & cher, où tu mourois fans moi ;

Où, fauvé par mes foins, tu me donnas ta foi ;

L'arbre où tu repofois, ce berceau folitaire,

Où d'un infortuné Zéila devint mere ;

Et cette grotte enfin, ce paifible féjour,

Qu'habitoient avec toi la nature & l'amour.

Là, mon cher fils du moins, jouiffant de fon être,

Apprendra par mes foins comment on vit fans maître.

Dès que l'âge rendra fes pas moins incertains,

Moi-même je mettrai des fleches dans fes mains.

Preffé par le befoin, il fera moins timide ;

Il atteindra l'oifeau, malgré fon vol rapide.

On ne le verra point, cherchant de vils fecours,

Mendier, en tremblant, le foutien de fes jours ;

Et je lui laifferai, pour unique héritage,

La force & la vertu, les tréfors du fauvage.

ALORS, mon cher Valcour, tout entiere aux douleurs,

Dans les antres fecrets j'irai cacher mes pleurs ;

Ou j'irai les mêler à cette onde fidelle,

Qui, me peignant tes traits, me paroiffoit plus belle.

Je serai libre alors : mes yeux pourront choisir

Le paisible bocage où je voudrai mourir ;

Et tandis que ta vie, au plus lointain rivage,

Coulera lentement sans trouble & sans orage,

Profondément livrée aux plus sombres ennuis,

Quand les jours renaîtront, j'appellerai les nuits :

Ton nom, qui soutiendra mes forces défaillantes,

Ne quittera jamais mes levres expirantes ;

Heureuse encore, heureuse, ô trop cruel Valcour !

De mourir dans les lieux où je connus l'amour !

LETTRE

DE JULIE,

FILLE D'AUGUSTE,

A OVIDE.

AVIS DE L'ÉDITEUR.

CETTE lettre parut en 1760 : elle eut alors deux éditions confécutives ; mais elle eſt abſolument nouvelle, par les changements que l'auteur y a faits : il n'a pas confervé trente vers de l'ancienne façon ; & il a cru le ſujet aſſez piquant pour lui donner tous ſes ſoins.

EPITRE
A CORINE.

Du nom d'auteur qu'avois-je affaire,
Puifque tu m'as aimé fans lui ?
Je fais que ce titre vulgaire
Traîne après foi beaucoup d'ennui,
Et que l'art d'écrire aujourd'hui
Eft fouvent loin de l'art de plaire :
Mais cet ouvrage, en vérité,
N'a fait qu'amufer ma pareffe,
Et flatt. peu ma vanité.
Sur les bords fleuris du Permeffe,
Pour quelques momens tranfporté,
Je ne chante, dans mon yvreffe,
Que le dieu qu'Ovide a chanté.
Économe de ma jeuneffe,

Et du temps qui nous eft compté,
Je ne guinde point ma foibleffe
Vers la froide immortalité.
L'inftant que la Parque me laiffe,
Je le donne à la volupté ;
Et dans les bras de ma maîtreffe,
Je brave, avec férénité,
L'envieufe malignité,
La gloire, trifte enchantereffe,
Mon fiecle & la poftérité.

PARDONNE à la tendre Julie,
De t'ennuyer de fes douleurs !
Elle fut fenfible & jolie ;
Corine, tu lui dois des pleurs ;
Tu dois partager fes alarmes,
Brûler fur-tout des mêmes feux ;
Et, dans le défordre des larmes,
Confentir à faire un heureux.

LETTRE

Bizen delin.　　　Massard Sculp

LETTRE

DE JULIE.

Ah ! je fuis libre enfin !.. & ma main peut tracer

Cet entretien muet, que j'ofe t'adreffer.

Ovide, que fais-tu ?... quelle eft ta deftinée ?...

Ecris-moi.... réponds-moi.... que dis-je ? infortunée !

Et quel eft mon efpoir ? Peut-être, en ces moments,

Ton vaiffeau malheureux eft brifé par les vents :

G

Peut-être mon amant, fur un lointain rivage,

Défiguré, fanglant, eſt jetté par l'orage.

Mais ſi tu vois ces bords, ces climats déteſtés,

Effroyables déſerts, par le Gète habités,

Dis, en liſant ces traits, dictés par l'amour même :

Dans l'univers encore il eſt un cœur qui m'aime.

QUELLE nuit ! quel départ ! Timide en mes deſirs,

Je n'oſois me livrer à nos derniers plaiſirs ;

Mais lorſqu'il te fallut, fouvenir que j'abhorre !

Devancer, pour me fuir, le retour de l'aurore,

Je crus qu'une furie, en cet inſtant d'horreur,

Enfonçoit, à la fois, cent poignards dans mon cœur.

Mes yeux ne voyoient plus : la mourante Julie

N'avoit plus tes baiſers, pour lui rendre la vie.

Quelle barbare main, après ce long effroi,

A ranimé des jours qui ne font rien fans toi ?

Ciel ! que devins-je alors ? Muette, confondue,

J'interroge des yeux une foule éperdue.

On foupire, on fe tait ; & les vents orageux

Se font entendre feuls, dans ce filence affreux...

Le défefpoir enfin me donne fon courage :

J'échappe à mes bourreaux, & je vole au rivage ;

Je le fais retentir de mes triftes fanglots :

Mes yeux baignés de pleurs, attachés fur les flots,

Et cherchant ton vaiffeau fur cet immenfe efpace,

Croyoient dans le lointain en découvrir la trace.

De ton fatal départ témoins inanimés,

Tes pas fembloient encor fur le fable imprimés ;

Et cent fois je voulus, dans ma douleur profonde,

Tromper mes furveillans & m'élancer dans l'onde.

« Puiffent les mers, difois-je, au gré de mes tranfports,

» Me porter, cher amant, fur tes fauvages bords !

» Puiffes-tu, parcourant cette rive effrayante,

» Y retrouver encor ta malheureufe amante ;

» Et plein de cet amour qui furvit au trépas,

» Pour la derniere fois la ferrer dans tes bras ! »

A ce trifte délire on ofe me fouftraire ;

On m'entraîne au palais, & j'y revois mon pere,

Ou plutôt mon tiran & mon perfécuteur,

De tes maux & des miens impitoyable auteur,

Qui dans mon défefpoir femble trouver des charmes,

Et mettre de la gloire à méprifer mes larmes.

De quel droit ofe-t-il, forçant mes fentiments,

Comme fes vils Romains, maitrifer mes penchants?

Ah ! qu'il regne ; qu'il faffe ou la paix ou la guerre ;

Qu'il décide à fon gré des deftins de la terre.

Je ne voulois qu'un cœur ; je régnois fur le tien ;

Qu'il garde fon empire, & me laiffe le mien.

Dans Rome déformais, trifte efclave du trône,

On ne peut donc aimer, fans qu'un tyran l'ordonne !

Pourquoi t'exile-t-on ? O dépit ! ô fureurs !

Frémis, pere cruel, frémis de mes douleurs.

Ne viens pas d'un amant accufer la naiffance :

Elle ne m'offre rien dont ma fierté s'offenfe.

Et périffe le jour, marqué par tant de maux,

Où des concitoyens ont ceffé d'être égaux !

Mais dans un rang obfcur le ciel l'eût-il fait naitre,

Ses talens le plaçoient à côté de fon maitre.

Ils en ont fait un dieu, qui defcend jufqu'à moi.
Il fait aimer enfin ; il eft bien plus que toi.

CHER amant, c'eft ainfi que la tendre Julie
Laiffe éclater des feux qui l'ont enorgueillie.
Rome, tout l'univers, fans pouvoir m'alarmer,
Diront que tu m'aimas, & que j'ofai t'aimer.
Voudrois-je reffembler à ces femmes timides,
Qui, fous de vains attraits cachant des cœurs arides,
Ne connurent jamais ce délire enflammé,
Et cet oubli de tout, hors de l'objet aimé ?
Qu'on ne m'oppofe point cette vaine apparence,
Ce menfonge éternel, que l'on nomma décence.
Le véritable orgueil eft de fuir le détour ;
Et l'honneur d'une amante eft tout dans fon amour.

DE mille courtifans la foule en vain s'empreffe
A demander ma main, à briguer ma tendreffe.
Va ; la trifte Julie eft loin d'y confentir :
Je t'aime trop hélas ! pour ne les point haïr.

Que font-ils près de toi ? D'ambit eux efclaves ,

Qui viennent, près du trône, implorer des entraves ;

Qui, flatteurs de mon pere, affiégent fes vieux ans ,

Fatiguent la langueur de fes derniers moments ,

Careffent fon orgueil , de fleurs fement fa trace ,

Et dévorent l'inftant de monter à fa place :

Méprifables Romains , Romains infortunés ,

Affaffins aujourd'hui , demain affaffinés ;

Et qui , dans leurs projets fans doute illégitimes ,

Fondent fur cet hymen le fuccès de leurs crimes !

Ah ! tu m'en vois frémir ! le comble de mes maux

Seroit de te donner d'auffi lâches rivaux.

Que m'importent leurs droits, leur pouvoir que j'affronte,

Et leurs triftes honneurs qui les couvrent de honte ?

Il me faut un amant , fans titres , fans appui ,

Qui m'aime pour moi-même , & que j'aime pour lui.

Non , tu ne conçois point l'excès de mon yvreffe ;

Combien mon cœur brûlant eft fier de fa tendreffe !

Je voudrois , cher amant , pour te prouver ma foi ,

Voir cent rois à mes pieds , les dédaigner pour toi ;

Leur dire : remportez vos fceptres, vos couronnes ;

L'amour fuit les grandeurs & la pompe des trônes.

Le fort vous prodigua des titres faftueux ;

Mais Ovide eft aimable … Ovide eft malheureux.

Loin de toi cependant, la fidelle Julie

Compte tous les inftans qui compofent la vie.

Peins-toi mon défefpoir dans cette horrible cour,

Et l'abandon d'un cœur, déchiré par l'amour.

Je cours, je vais, je viens, incertaine, égarée :

Rien ne peut confoler ton amante éplorée.

Le jour à peine luit ; j'en fouhaite la fin.

Sans ordre, mes cheveux font épars fur mon fein :

Tout ornement me pefe, &, dans mon infortune,

Je détefte l'éclat d'une pompe importune.

Dans mon abattement je trouve des douceurs ;

Et j'aime à voir mes yeux obfcurcis par les pleurs.

Quelle parure, hélas ! m'eft encor néceffaire ?

On m'a ravi l'amant à qui je voulois plaire.

Je cherche les forêts, ces réduits effrayans,

Faits pour cacher au jour les malheurs des amans.

Là, de tes traits, de toi profondément remplie,

Dans un sombre plaisir je reste ensevelie :

J'entends avec transport les aquilons fougueux

Frémir, se déchaîner sous un ciel orageux ;

Et mon ame jouit, dans sa douleur mortelle,

Quand l'univers est morne & ténébreux comme elle.

CETTE horreur me pénetre, & plaît à mes ennuis.

Je lis, dans ces moments, sans cesse je relis

Ces vers voluptueux, enfans de la tendresse,

Gages de ton bonheur, & nés de ton yvresse ;

Cet Art que je t'appris, cet écrit enflammé,

Dont j'offrois le modele à ton esprit charmé.

Des pleurs, en le lisant, inondent mon visage :

Ne pouvant rien de plus, je baise ton ouvrage ;

Cet ouvrage immortel, où guidant tes pinceaux,

Vénus se reconnoît au feu de tes tableaux.

O vous qui le lirez, ô vous, races futures,

De ce livre enchanteur dévorez les peintures !

Non,

Non, d'un génie oisif ce ne font point les jeux;

C'eft le fruit de l'amour, & de l'amour heureux.

Amants, c'eft un amant qui cherche à vous inftruire:

Il vous dicte les loix de celle qui l'infpire.

Seule je l'infpirai; je ne m'en défends pas:

Les leçons qu'il vous donne, il les prit dans mes bras.

PARDONNE ce tranfport, cet aveu qui me flate:

Il faut, avec le tien, que mon triomphe éclate.

Si quelquefois l'amour de fleurs t'a couronné;

De mirthe, par mes mains, fi ton front fut orné;

Laiffe, laiffe, ta gloire en fera plus brillante,

Tomber quelques lauriers fur le front d'une amante,

J'exige cet hommage, & je l'ai mérité;

Ta maîtreffe a des droits à l'immortalité.

Ne te fouviens-tu pas que la tendre Julie,

S'enflammant elle-même au feu de ton génie,

Par fes vers amoureux t'exprimoit fes defirs?

Nos voix fe marioient, pour chanter nos plaifirs,

Dans ces rians jardins, où bien fouvent l'aurore,

En ramenant le jour, nous retrouvoit encore ;

Où l'amour nous guidant, & fans pompe & fans bruit,

Eclairoit pour nous feuls les ombres de la nuit ;

Protégeoit nos tranfports, nos brûlantes yvreffes,

Et nous entrelaçoit par le nœud des careffes ;

Où, livrée aux langueurs d'un long enchantement,

Je preffois fur mon fein le fein de mon amant ;

Où, dans ce doux repos qui fuccede au délire,

Je jouiffois encore, aux accens de ta lyre.

Ah ! je les ai revus, ces jardins, ces beaux lieux,

Témoins de mon bonheur, & de tes premiers feux.

Que leur afpeƈt, hélas ! m'a fait verfer de larmes !

Ovide, ils ont perdu leur parure & leurs charmes.

Les vents ont arraché ces tendres arbriffeaux,

Qui fur nous abaiffoient leurs dociles rameaux ;

Ils ont féché ces fleurs, dont la tige odorante

Parfumoit à l'envi le fein de ton amante.

L'écho, que par ta voix tu femblois inviter,

N'a plus dans nos bofquets tes chants à répéter.

Je n'entends d'autres fons que ceux de Philomèle ;

Mes accens douloureux font imités par elle.

Tout pleure mon amant ; & la nature, en deuil,

Expire loin du dieu qui faifoit fon orgueil.

Que dis-je ? en ce lieu même . . . . effroyable préfage !

Protecteurs des amans , écartez cet image ,

O dieux ! . . . en ce lieu même, un fonge plein d'horreur

Dans mes fens éperdus a jetté la terreur.

SEULE je m'égarois dans une ifle écartée,

Qui par un dieu vengeur me parut habitée :

Le jour n'y répandoit que des rayons mourans ,

Et ne me découvroit que des monftres errans :

J'entends, autour de moi, des cris, des voix plaintives :

Les flots, en gémiffant, fe brifent fur les rives :

La terre au loin mugit ; je friffonne , & je croi

Que tout va, dans l'inftant, s'engloutir avec moi.

Je fuccombe, je meurs . . . tout change ; l'horreur ceffe :

Le jour luit ; je n'entends que des chants d'allégreffe.

J'apperçois des berceaux de feftons couronnés ,

Des tapis, des gazons à l'amour deftinés ;

Et la mer à mes yeux femble un canal tranquile

Qui promene ſes eaux dans un riant aſyle,

J'admire , je renais ; je ſens, en ce moment ,

S'élever dans mon cœur un doux frémiſſement.

Alors je vois de loin un mortel qui s'avance :

Une jeune beauté l'accompagne en ſilence.

Dieux ! quel maintien ! quels traits ! je m'aproche ſans bruit

Ce mortel, c'étoit toi . . . . ma rivale te ſuit.

Je te vois lui parler , l'embraſſer , lui ſourire :

Au fond d'un bois épais je te vois la conduire ;

Dans tes moindres diſcours, avec art ingénus ,

Lui peindre tes deſirs , qu'enflamment ſes refus ;

Enhardir par degrés ſa naïve tendreſſe ;

Surprendre dans ſes yeux l'inſtant de ſa foibleſſe.

Pour comble de malheur ! tremblante je te voi ,

En des lieux plus ſecrets , l'entraîner avec toi.

Quel horrible tableau pour les yeux de Julie !

Témoin de tes plaiſirs , & de ta perfidie ,

Je ſaiſis un poignard ; l'œil ardent de courroux ,

Le bras déja levé , je m'élançois ſur vous :

Mais le réveil bientôt , dérobant ton offenſe ,

Fait tomber mon poignard & détruit ma vengeance.

FAUT-IL en croire, Amour, ce qu'un songe me dit ?

Ovide, est-il bien vrai que ton cœur me trahit ?...

Non, l'amant que j'adore est sensible à mes peines :

A-t-il pu m'oublier & former d'autres chaines ?

Est-il quelques beautés, sous un ciel odieux,

Dignes de m'alarmer & de charmer tes yeux ?

Il me semble les voir, ces sauvages mortelles,

Eprouvant des desirs, sans paroître plus belles....

Que j'aime à m'abuser ! foibles raisons, hélas !

Tu peux en lieux charmans transformer ces climats :

A ces tristes objets, qui te plairont peut-être,

Tu peux, si tu le veux, donner un nouvel être.

Chaque jour, tu verras, sans t'occuper de moi,

Leurs appas se former & s'embellir pour toi ;

Et, fier de leurs progrès, jaloux de leur hommage,

Tu finiras, cruel, par chérir ton ouvrage.

AH ! si je le croyois, je franchirois les mers :

J'irois, n'en doute pas, au fond de tes déserts,

Jalouse, furieuse, & de ton sang avide,

Immoler.…. ou plutôt adorer un perfide.

Oui, fi je le pouvois, abjurant ces fureurs,

J'irois chercher ta main pour effuyer mes pleurs.

Je t'aime avec tranfport.…. & tu m'aurois trahie !

Tu te pardonnerois d'être heureux fans Julie !

Vois ta Julie en proie aux regards d'une cour,

Qui, pour flatter Augufte, infulte à mon amour.

Puiffe un jour mon exil à fes yeux me fouftraire !

Puiffe être mon bonheur un don de fa colere !

C'eft alors que, brifant de fi cruels liens,

Libre de mes ennuis, j'irai finir les tiens.

Jusqu'a ce jour paifible, où ma tendreffe afpire,

Zéphirs, épurez l'air que mon amant refpire !

Que cet aride fol, qui le retient, hélas !

Amour, foit étonné de fleurir fous fes pas !

Fais naître autour de lui de magiques bocages :

Qu'il goûte encor le frais & l'ombre des feuillages !

Lieux, où dans fon éclat jamais le jour n'a lui,

Que votre ciel épais s'éclairciffe pour lui !

Et vous, fils du repos, & vous, aimables fonges,

Qui féduifez nos fens par de fi doux menfonges,

Dans le calme des nuits, & toujours fous mes traits,

Fixez fur mon amant vos rapides bienfaits.

Livrez à fes tranfports l'amoureufe Julie :

Enchantez, par vos jeux, la moitié de fa vie ;

Et, fi le fombre ennui vient troubler fon réveil,

Qu'il foit, au moins, heureux dans les bras du fommeil !

Eifen delin.   *Maffard Sculp.*

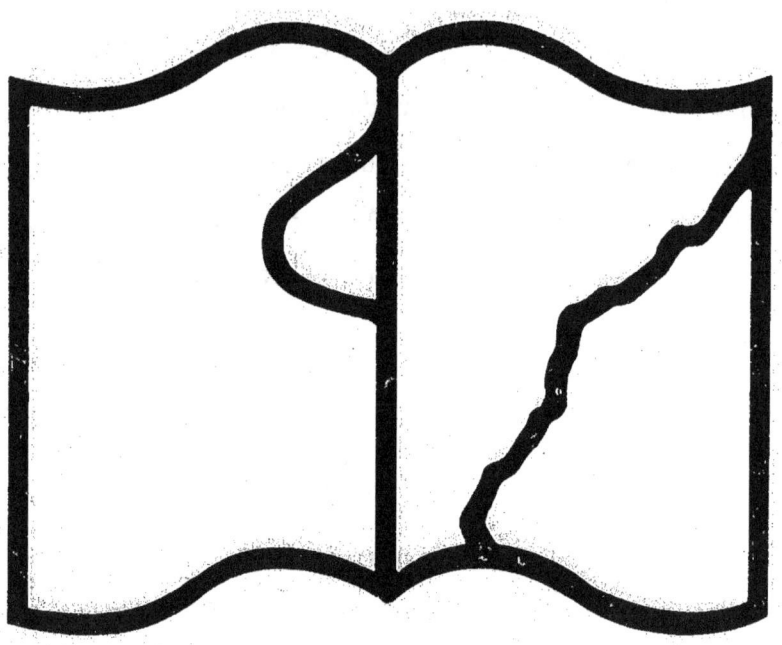

Texte détérioré — reliure défectueuse

NF Z 43-120-11

Contraste insuffisant

NF Z 43-120-14

www.ingramcontent.com/pod-product-compliance
Lightning Source LLC
Chambersburg PA
CBHW061646180626
46818CB00003B/985